하루는 먼 하늘

윤용선 유고 시집

하루는 먼 하늘

달아실기획시집
40

달
아
실

보조 용언과 합성 명사의 띄어쓰기 등 본문의 맞춤법은 시인의 의도에 따른 것임.

유고 시집을 펴내며

당신 덕분에 나는 시인의 아내가 되었고,
어리벙벙하게 살아가며 조금씩 당신 속에 빠져 살아온 긴 세월,
그때는 몰랐지만 지금은 조금씩 알아가고 있는데
모든 것이 물거품이 되고 말았네요.
글 좀 그만 쓰라고 구박했던 때,
자존감에 큰 타격을 받고 상처도 받았을 텐데
그래도 불편한 몸으로 글 쓰던 그 모습을
지금은 다시 볼 수 없어 아쉽고 또 그리워요.
당신 손에 힘이 없어 당신이 불러주면 받아 적곤 했던 그날들,
생애의 반이 시였고 삶의 끝도 시였으니
시로 시작하여 시로 끝났다 해도 과언이 아닌 당신의 인생,

고마워요.

그리고 당신이 살며 평생을 일구어오신 문학적 삶을 존경해요.

마지막까지 힘겹게 써 내려간 수많은 글,

여기저기 숨어 있던 글들이

당신이 좋아하던 사람들 덕에 세상에 나오는 날,

멋진 당신의 얼굴 기대해도 되겠지요.

하마터면 묻힐 뻔했던 글들이 예쁘게 몸단장하고

이제 세상 밖으로 나옵니다.

사랑합니다. 당신,

이 책이 나오기까지 수고해주신 김창균 시인과

조성림 시인 그리고 노정균 님께 감사드립니다.

그리고 윤용선을 생각해주시는 모든 분께
감사의 인사를 드립니다.
웃음 보일 당신을 그려보며
멋지게 산 당신의 인생에
박수를 보냅니다.

2025년 2월
윤용선의 아내 김규희 올림

차례

하
루
는
먼
하
늘

2부. 코스모스꽃 피면

3부. 하루는 먼 하늘

4부. 겨울 끝 먼 풍경

5부. 참 머나먼 길

1부

가
시
지 않
는 허
기

욕 망　慾望

법탄 하나 가득　원생의 꽃들이
꽃꽃이 일어서고　하늘을 가린다
벌떼들어 붕붕거리는　낯개 사이로
눈사람 빛이 바늘끝처럼 쩌르고.
바람 기랑인듯, 떨리어드는
꽃내가 촉촉 닿아서 권선을 휩싸고
아, 무거운 법반하는 욕망의 여울쌀에
빠지고 말았습니다.
빨가 벗은 사나아이의 근력가
토득히 돋는 차거운 물살 하기
어저 당당 당을 얹는
죽음가 하여 버지핸이 송즉거리는
같은 유록의 달콱지근한 한숨 때문에
허전 침묵 산 커위 넘기며
되려 무쭝 길을 잃었습니다.

깜깜한 기궁을 하믜하믜 산중에서
허숙해진 따사를 어들어 때저만
아이의 천진한 죽음이
새곳에서 깡깡 거리는 통에
뜰에 오르고 내달음우
찬 혼란한 앞이야
찬 혼란한 알어쌓추는
되려 이같았습니다.
찬 어리덩을 노추,있습니다.

오늘은

오늘은
풀꽃이고, 나무이고 싶다
한번 뿌리내린 자리에서
결코 어떻단 불평 하나 없이
끝내 싫증을 내는 법도 없이
한생을 이루고 있는
저 순결한 의지 앞에
오늘은 나도
아주 작은 욕심부터
마지막 그리움까지
그 모두를 다 내려놓고
단지 풀꽃으로 나무로 꿈꾸는
무량한 숨결이고 싶다
영원이고 싶다

봄은 이미 깊은 봄

온 산과 들에
나무란 나무 풀이란 풀은
모두 곰실대는 햇살에
겨우내 찌든 몸 말갛게 헹구고
살랑거리는 바람결에
머리칼 풀어 날리는데
그새 또 세상은
온통 연둣빛 분홍빛 한가지로
후끈후끈 달아오르는데
이참에 나도
발정한 영혼의 알몸이 되어
저 투명한 하늘
더 깊은 곳으로 풍덩
소리 없이 뛰어들까나

그게 누구지

저기 저기에
벽도 없는 벽 속에
혼자 세상 적막 헤치며
바스락거리는 게
그게 누구지 누구지
저 깊은 안개 속
단단한 사과가 시방
사각사각 익어가고 있다

모두 잠이 들었는데
그게 아니지 아니지 하며
혼자 세상 휘젓고 있는
저 시고 떫은 게
그게 누구지 누구지
저 짙은 안개 속
탱탱한 감이 시방
몰래몰래 익어가고 있다

나를 닦을 수 있다면

백 몇 년 만의 더위라던가
가만있어도
땀이 줄줄줄줄 흘러내린다
들창을 조금만 올려도
뜨거운 기운이 확 밀려든다
이런 날은
거기 나를 닦을 수 있다면
아주 깨끗이 닦어서
희디흰 눈발의 그리움 같은
청량한 그늘이 되고 싶다
아픈 세상 누가 와서
잠깐 깃들어 쉬다가
가는 길 다시 환하게 가는
한 점 그늘이었으면 좋겠다
이리 찌는 더위에
나를 그대로 닦을 수만 있다면

나무 앞에서

왜 너는
거기 그렇게 서 있기만 하느냐
몇 번을 물어도 나무는
어떻다는 대답 한번이 없다
바람 불면 부는 대로
비가 오면 오는 대로
늘 거기 그대로 서 있을 뿐

어쩌면 나무는
세상 다 저마다인데
어쩌자고 괜한 토나 달며
쓸데없이 눈을 흘기고 있느냐고
도리어 나에게
병도 그런 병이 없는 거라며
한껏 일깨워 주고 싶어
오늘도 거기 그렇게
떡 버티고 서 있는지도 모른다

바라보기 또는 더듬기

그때는 그저 밝기나 한 눈으로 훑기 바빴고,
보는 대로 다 아는 것처럼 치기만만해서
찬찬히 헤아리며 무엇 하나 보듬어 안질 못했다.
그런데 이제는 눈도 점점 침침해져서
그만큼이나 더 촘촘히 더듬어 가야 할 텐데
그렇질 못하고 흘리기나 하며 지나치는 게 많다.
결국 여기까지인가 싶어 반성하지만
보이는 것조차 제대로 보지 못하고,
고작 보고 싶은 대로 더듬거리며
혼자 질척거린다.
게다가 또 우길 때는 외골수가 되어
다른 말 더는 말라며 잔뜩 뻗대기나 한다.
있는 힘껏 밀어도 열릴까 말까 한 문 같은
그런 세상 속내 알기나 하고 그러는지
갈수록 청맹과니 같다.

마음을 담는 귀

이제는 내가
앞서 가신 어머니의 뒤를
어느만큼 따라잡는 세월인데,
입때까지 어머니는
한시도 내 곁을 떠날 줄 모르고
지그시 지켜보고 계신다.
이른 아침부터
그야말로 하릴없이
무슨 흔적 같은 거 하나 없이
한나절을 허비라도 할라치면
못난 짓, 그거 버릇될라 하시며
끌끌끌 혀를 차신다.
어머니는
마음에 점이나 찍는다는 점심으로
맑은 장국에 만 국수 한 대접에다
곁들이는 후식으로는
상큼한 사과 한 쪽 어떨까 싶을 때에도
하는 일 없이 괜한 식탐 마라,
탈날라, 한소리 하신다.

아직도 한나절이 더 남은 저녁까지
아무 탈 없이 조근 조근 더듬어 가라고
바싹 붙어서 성화를 댈 요량이시다.
어쩌면 평생을 그리 사셨을 어머니
한결같은 마음을 담는 귀가 있어서
그나마 한 번 더 헤아릴 수 있다는 것은
못나도 한참을 못난 내게
얼마나 고마운 일이고 복에 겨운 일인가.

왈, 어른이 돼 가지고

그 밝던 눈도 귀도 한참 침침해져
보고 듣는 게 모두 두루뭉수리인데
코는 어디 붙었는지 아물아물하여
어쩌다 꽃밭엘 들어도 눈만 호사하는데
혀는 더 꼬부라져 세상 내로라하는 음식도
이제는 다 식은밥이 되어버렸는데
온통 그런데 저런데 뿐인데
돌아보면 저 아뜩한 세월
그 머나먼 길을 꼭 붙어 함께한 아내는
그게 아닌 모양이다
어디서 시답잖은 소리라도 듣게 되면
그렇거니 한시를 담아두지 못하고
곧바로 토를 단다
거기다 삿되다 싶은 일을 만나게 되면
하나하나 따져서 끝까지 가려내야만
비로소 직성이 풀린다
자연 늙게 되면 저 팍팍한 세상살이도
늘 입어 버릇한 옷가지처럼
어느 만큼은 헐렁해지기 마련이니

뭘 알아도 그만 몰라도 그만
그렇게 스쳐 가는 바람이어도 좋겠는데
당최 그게 안 되는 모양이다
그러니 하는 수 없이 내가 먼저
슬그머니 능치기라도 할라치면
어른이 돼 가지고
다 늦게 못나게 군다고 핀잔이다
그때마다 어디쯤 다시 서야 할지
이래저래 어정쩡하기나 하고
그게 또 그렇다

분수噴水

나는 단지
치솟아 오르는 물줄기일 뿐이어요
할 일 없는 누구처럼
퍼질러 앉아 노닥거려보지도 못하고
쉴 새 없이 꼬무락거려야 하는
징한 노동에 목을 맨
숨 가쁜 물방울이기도 하구요
하지만 한 번 멎으면 끝이라고
하다못해
끊임없이 치받고 있던 저 허공에
무슨 흔적 하나 남겨놓지 못하는
그저 그렇고 그런 존재라고
없는 것처럼 날 허투루 보진 마세요
그래도 나는 늘 하늘을 우러르며
세상 깨어 있어야 할 시간을 아우르는
맑고 투명한 정신이어요
어쨌거나
모두 치솟고 싶은 욕망만으로는
기껏 올라가 본다고 해야

다 거기서 거기쯤
고만고만한 키재기일 테니
따로 더 내세울 것이 없는 한
나는 단지
좀 덜떨어진 외로움이긴 해요
그래도 나는 언제나 언제까지나
저 푸른 하늘 가슴에 꼭 품고
꿈을 꾸는 나를 믿어요
나만의 나를 굳게 믿어요

유칼리나무

김수영의 거대한 뿌리처럼
낮게 흐린 날은
괜스레 목이 메고 쓸쓸하고
무슨 죄나 지은 것처럼
헛기침 하나도 송구하고
누가 미치도록 보고 싶어도
마주 대놓고 그렇다고
다 토해내지도 못하고,
그렇게 흐린 날은
더 이상 꿈꾸는 시도 음악도 없고
살아가는 연극도 없고 무엇도 없고
마침내 없는 걸 다 없애도
결국은 하릴없는 세상
유칼리나무 혼자 취해 있다
김수영의 거대한 뿌리처럼

오늘도 내 사랑은

지금 나는
여기 너와 나란히 앉아
처음으로 함께 만나는 세상
소리를 좇고 있다.
때때로 낯선 소리와 소리 사이에
착 가라앉은 깊은 고요도
가만가만 휘저어보면서
그러나 그뿐이다.
어쩌면 그새 또 놓치고 있는
시간의 흔적 같은 걸까
아직도 눈멀어 더듬고 있는
혼자만의 방황 같은 걸까
오늘도 내 그리운 사랑은
오리무중이다.

가시지 않는 허기

어쩌다 창틈에 잘못 찧은 손가락이나
뾰족한 구두 뒤축에 찍힌 발등처럼
자지러지는 그런 일들이 일상은 아니고
조금씩 부어서 어느새 탱탱해진 종아리나
모르게 군살이 붙어 둔중해진 허리 같은 게
세상살이일 텐데
오르내릴 때마다 삐걱대며 신경을 긁는
다 낡은 목조계단처럼
어쩌자고 못난 비명이나 질러대는지
게서 또 민낯까지 드러내며
있는 성질 없는 성질 다 부려대는지
여태 겪어보고도 세상은 잘 모르겠다
그래서 오늘은 작심하고
그저 쏟아지는 햇살이나 원 없이 받으며
모두 다 내려놓고 깨끗이 비워볼까 싶어
아무도 없는 풀밭을 혼자 거닐어 보는데
또 그새를 어쩌지 못하고 근질거리는
이 마음의 허기는 뭘까 도대체 이게 뭘까

오랜 은행나무

그저 지나다가 보이기에
왜, 그러고 서 있느냐 물었다
아무 말이 없었다
어쩌다가 생각이 나기에
여태도 그러고 있느냐 물었다
역시 답이 없었다
늘 헛헛한 욕망의 굴레에 갇혀
끊임없이 헤매기나 헤매다가
그렇게 그렇게 세월은 흐르고
내 몸이 마음이
어느 날 제풀에 주저앉아
아무 생각 없이
세상 있는 대로 그대로
다시 바라보게 되었을 때
그제야 나는
그 오랜 은행나무가 다름 아닌
나 자신이라는 걸 알게 되었다

배낭

빈 몸으로 혼자 길을 갈 때도
나는 누군가의 짐이다
살다보면 햇살 좋은 날도 있고
바람이 거센 날도 있겠지만
습관처럼
단지 채우는 일 하나에 매달려
하고한 날 아등바등거렸는데
이제 몸은 다 낡아 볼품없고
어디에 달리 쓸데도 없다
그런데도 여전히
채우지 못한 허기에 시달리며
마음은 또
빈집처럼 휑한 걸 보면
끝내 나는 어쩔 수 없는
누군가의 영원한 짐이다

율브리너

문득, 그가 그립다.
거침없는 욕망의 순결한 불덩이
그가 이 세상에 없으니까 더 그립다.
그새 사람들은 많이 늙어서
배는 점점 불룩해지고,
갈수록 탐욕에 거드름까지
뻔한 속내도 손바닥으로 가리고 있는데
세상에나
쓸데도 없는 덧칠까지 해대며
어리석을 대로 어리석어지다가
마침내 배 째라 하는 지경인데
뻔뻔하게 낯 두꺼워지는 것도
한때의 바람 같은 것인지
누구도 부끄러운 줄 모르고 있다.
그래서 오늘은 깨끗한 욕망이 아름답고
아무런 거침이 없던 사내가 그립다.
견딜 수 없는 갈증처럼 아주 뜨겁게
율브리너 그가 그립다.

가을 안부

1

요즘 어찌 지내시는지요
언제까지고 시퍼럴 것 같던
먼 산 무성한 나무들이
언뜻언뜻 물들 조짐을 보입니다
머잖아 온 산이 환하게 물들겠지요
코로나네 뭐네 하여
아무리 사람들이 들끓어도
가을은 어김없이 오고 있습니다
저는 오늘 하루
저 맑은 볕에 나를 내다 널고
찌든 마음의 때 말갛게 밀어
일렁이는 햇살에 헹구어 내겠습니다

2

모두들 하루 버티기가 어렵다고 합니다
거기 떠밀려 헤매다 보니
많이 적조했습니다.
그새 가을은 저만치 가서

이제는 첫눈 내릴 날을 기다리고 있습니다
하얗게 첫눈이 내리면
내리는 그대로 하얗게 눈을 맞으며
하얗게 꿈꾸는 외로움이 되고 싶습니다
이 철없음을 웃지 마시고
그대로 사랑해 주십시오
깊어가는 겨울 어디쯤에서
다시 뵙겠습니다 내내 강녕하시길

2부

코스모스꽃 피면

맑은 하늘이
～ 新羅遺事考 ⑥ ～

같은 욕망이 끓으니
한 번을 앓으키리
뜻이 막연한 이
먼 바다
깊은 곳에 몸을 던지리라.

사랑하는 사람아.
괴로워 하지 마라.
흐린 비가 내리는 날
아무도 모르게 잔든 하늘
낮은 곳에서
어렵게 눈물을 날개워.
괴로워 하지 마라.

기다리고 기다리면
기적은 없이
가까오는 것이 있으리라.
만질 수도 없는
부드러웁게 빛으로
자취 없는 듯이
바람도 이가 있으리라.

가을은 빛 속에서도
풍족을 지고 버침내
이름 없는 씨로 맺히나
아름다움은 혁
민족 헤어지는 것을.

ㅇ 자취 없는 듯이 : 誰許沒柯券에서

오늘, 더 그리운

겨우 내내
하루 매화 한 송이씩 치며
모진 추위를 견디고
새봄을 맞았다는
옛 선현들
그 오랜 마음의 길을 좇아
하루 시 한 수 짓고
거기 매화 한 송이씩 얹어
마침내
『매화로 피우는 봄 이야기
구구소한도九九消寒圖』를 묶은
시인 김성수는
세상 어떤 매화보다
향기 맑고 자태 그윽한
이 시대 마지막 정신이다
몹쓸 바람만 횡횡한
오늘, 그가 더 그리운 것도
그 까닭이다

얼음새꽃이라지요

한참 외진 산그늘 아래 복수초가
샛노란 꽃을 피웠다.
사방이 온통 환하다.
혼자 누굴 기다리고 있어도
하나 춥지 않고, 외롭지 않다.
그래, 그래
꿈꾸는 일에 꽃 피우는 일이
어디면 어떻고, 언제면 또 어떠랴.
단단하게 얼어붙은 땅 녹여가며
얼음 사이에 피었다고 해서
얼음새꽃이라지요.
그래, 그래
봄은 이미 턱밑에서 칭얼거리고,
굳이 누가 까발리지 않더라도
벌써 세상이 다 알아버린 걸요.
이제 더는 어쩌겠어요.
근질거리면 근질거리는 대로
한참 근질거릴 수밖에요.

봄눈이 내립니다

한 대여섯 평 될동말동한
요 작은 풀밭 위로
시방 봄눈이 내립니다
온 하늘을 희끗희끗 가리며
이리저리 흩날리며
다 늦게 봄눈이 내립니다
내리자마자 이내 녹아서
별다른 흔적도 얼룩도
세상에 남기지 못하리라는 걸
뻘 것 모르고 있지는 않을 텐데
굳이 이 외진 풀밭까지 와서
마지막 입맞춤을 하고
총총히 떠나는 걸 보면
겨우내 바싹 말라버린 풀밭이
풀밭의 곤한 모습이
마음에 걸렸나 봅니다
퍽 짠했나 봅니다

꽃보다 봄눈이

봄눈이 어지러이 흩날리는 것은
이리저리 흔들고 있는 바람 탓이 아니다.
눈발마다 다투어 잉태한 사랑이
끝도 없이 근질거리기 때문이다.
늦은 봄눈이 땅 위로 떨어지는 순간
흔적 하나 남기지 않고 스러지는 것은
미지근히 풀리고 있는 날씨 탓이 아니다.
벌써부터 땅속에서 움트던 새싹이
젖꼭질 꼭 물고 빨아대기 때문이다.
아직도 봄눈이
때때로 눈물겹게 아름답고
안타까우리만치 살가운 것은
그 어떤 탓 때문이 아니다.
아무 후회도 없이 활짝 피었다가
미련 하나 남기지 않고 지는 꽃잎보다
더 단명하고,
단명한 만큼 깨끗하고,
그보다 더 단호하기 때문이다.

봄날 할 수 있는 일이라곤

다 풀어져 하늘거리는 봄날
울울한 빌딩에 갇혀
기껏 할 수 있는 일이라곤
슬리퍼나 끌며
흐린 시간이나 지우는 것
저 먼 어디선가 아른거리고 있을
아지랑이나 그리는 것뿐
또 뭐가 있겠나
혹 지난겨울이 혹독했다면
아직도 먹먹한 가슴엔
단내가 스멀스멀거릴 터
그 고담함의 가닥이나 헤쳐서
환한 볕에 내 너는 것
거기 묵은 쉰내 다 가실 때까지
지켜 서서 기다리는 것밖에
더는 뭐 있겠나

녹음이 한창입니다

온천지에 녹음이 한창입니다
온통 짙푸른 것 일색입니다
감히 색깔이 다른 것은
여기에 끼어들 생각조차 못 합니다
소소한 하루하루가 숨 막힙니다
어제까지의 모든 것들은
이제 어디에도 설 자리가 없습니다
일시에 세상이 변한 겁니다
세월의 흐름이란 게 다 이런 걸까요
누구에겐 희망이고 기회이고
누구에겐 좌절이고 망각이고
꼭 그렇기만 한 걸까요
혼자 구시렁구시렁 꿍꿍거리는데
저만치 지나가던 바람이
보다보다 못해 갑갑했는지
한마딜 툭 던집니다
참 못났다고
짙푸른 건 다 뭐고
그게 또 언제까지나 갈지

누가 자명하게 아는 이 있느냐고
그러니까 콩이야 팥이야 하는 건
늘 일상이기 마련인데
한가지로 사는 건 그때나 이때나
다 거기서 거긴데
여태 그걸 모르고 휘둘리기나 하다니
참으로 보기 흉하고 민망하지 않느냐고
바람이 절레절레 머릴 젓습니다
지금은 단지
녹음이 한창일 뿐입니다

가을입니다

이제 완연한 가을입니다
저 환한 빛의 풍경 속으로 들어가
기억하는 시간의 길을 내며
오롯이 걷고 싶다면
바로 지금이 가장 좋은 때입니다
보이지 않게 마르고 있는 들풀들
맑고 은은한 향기가 되어도 좋고
먼 벌판에서 홀로 서 있는
한 그루 미루나무가 되어도 좋고
또 거기서
훌훌 벗어버려야 할 것들이나
끝내 품어 안아야 할 것까지도
모두 다 내려놓는다면
이제 세상은
조금 더 아름답고 여유롭겠지요
바로 지금이 그때입니다

오늘도 바람 부는데

오늘도 바람 부는데
외진 길가 민들레가
저 혼자 피었습니다
누구 눈길 한번 없이도
오롯이 피었습니다
참 대견합니다

오늘도 바람 부는데
어쩌자고 석이버섯이
저 깊은 산 암벽을 타고 앉아
이미 딱딱하게 굳은 몸
다시 말리고 있습니다
참 안타깝습니다

오늘도 여전히 바람 부는데
붉게 타는 노을 좇아
다 늦게 논두렁길을 걸었습니다
그때까지 곱게 기다리고 있는
메꽃 한 떨기

참 고마웠습니다

혼자 못난 가을입니다

이제 가을입니다
환하게 옷을 벗고 쏟아지는
햇살이 순결한 가을입니다
벌판에서는
뜨거웠던 한철을 이겨내고
고만고만하게 일렁이는 풀들이
저마다 아주 단단하게 익은 씨를
하늘 높이 튕겨 올리고 있습니다
그보다 더 먼 산에서는
울울창창하게 뻗던 나무들이
시퍼렇던 욕망을 하나씩 거두어
다시 순한 잎으로 되돌리고 있습니다
천지가 아름다운 가을입니다
그런데 나만 혼자 성질 못되고
맺힌 게 많아서 그런지
단지 서늘해지기나 하다가
칙칙하게 얼룩이나 지다가
끝내 그렇게 못난 가을입니다

예감 또는 기다림

다 늦게 바람이 자고
조금씩 어스름이 깔리는데
금방이라도
희끗희끗 눈발이 날릴 것 같다
오늘 하루 외롭지 않았느냐고
오늘 하루 춥지는 않았느냐고
처진 어깨를 다독이며
희디흰 봄눈이 내릴 것 같다
땅 위로 떨어지면
이내 녹아버릴 운명이지만
그새 잠깐이라도
이 곤한 세상 포근하게 덮으려고
아득히 봄눈이 내릴 것 같다
이제 그만 집으로 돌아가
지친 몸 좀 뉘라고
웅크린 등을 떠밀 것 같다

가을 소식

요즈음은
몸도 마음도 한창 물들고 있는
깊은 가을입니다.
때때로 지고 있는 나뭇잎들이
바람을 타고 우우우 몰려다니는 소리가
제법 차갑습니다.
조금씩 짧아지는 햇살은
서둘러 은빛 단추 구멍을 만들고,
그 속으로 들여다보이는 세상은
지금
고만고만한 굴비들이 한 줄로 엮여서
하루하루 습관처럼 마르고 있습니다.
괜히 한 걸음 더 바싹 다가서려다가
발목을 잡힌 것처럼 나란히
누워 있습니다.
누가 뭐래서가 아니라 그럴 때가 되어서
할 일 다 접고 그냥 있는 겁니다

코스모스꽃 피면

긴 화물 열차가
하루에도 몇 차례 우르르르 소리치며
요란하게 지나갑니다.
시간 맞춰 어김없이 지나갑니다
그때마다
철길 가에 서 있는 코스모스는
대책 없이 한동안 흔들립니다
그렇게 흔들리며 휘청이며
코스모스꽃 피면
꼭 철길 닮아 고단한
세상 곳곳으로 가을이 옵니다
아무렇지 않게
높고 푸른 하늘 이고 옵니다
나도 모르는 새 내 안으로 들어와
선연하게 물들고 있는 이 가을
참 야속합니다

올해도 봉선화는 피었습니다

여기가 집터였던가
그 흔적마저 아물거리는
거기 거기에
봉선화가 피었습니다
혼자 피었습니다
울 밑에 꽃씨를 뿌렸던
집주인은
언제부턴가 보이지 않고
녹슨 철조망이
조금씩 조금씩 걷혀 길이 났는데도
끝내 소식 한번이 없고
언제 돌아올지 무슨 기미도 없습니다
올해도 봉선화는
혼자 피어 혼자 집을 지키고 있습니다

상고대

모두 잠들어 세상은 적막한데
추운 하늘의 별들도 졸고 있는데
어디서 시간의 갈피갈피마다
기억의 밑줄 촘촘히 긋고 있는
외로운 영혼이 있나보다
퍽 곤한가보다
잠들지 못하고 혼자 뒤척이는 걸 보면
이제도 목마르다고 웅얼거리는 걸 보면
시인들의 낡은 시집처럼
이미 세상이 다 잊은
한겨울 깊은 꿈속에서
아무도 모르게 서성이는 사연은
저마다 또 따로 있나보다
저 먼 산비탈에 서서
뜬눈으로 온밤 지새워가며
잔가지 하나하나
하얗게 하얗게 덧옷을 입히는
수많은 나무들이 있는 걸 보면

눈 온 뒤

바람이 멎고, 눈이 그치자
눈발 사이에 갇혀 있던
작은 새들이
푸득푸득 적막을 털며 날아가고,
뒤에 남은 빈 가지만
혼자 흔들린다.
그때까지
추위를 견디다 반쯤 얼어붙은
지상의 곤한 슬픔이
아주 잠깐 동안 포근하다 말고,
흰옷을 걸친 나무들은
어쩐지 길을 잃고 떠도는
토르소 같다.

눈이 그치고, 바람도 멎은
그 바로 뒤
놀란 하늘에서는
아직도 씻어내지 못한 부끄러움과
잘 지워지지 않는 상처가 뒤엉켜서

혹은 얼룩으로, 혹은 아픔으로
말갛게 꼬무락거린다.

3부

하루는 먼 하늘

아침 산책

가볍게 휘날라는 ~~~~~~ 내음에
장미원에서 잔디를 깎아요.
사각 사각, 내 영혼의 말까지
촉촉히 젖은 풀잎니 벤다.
채 걷히지 않은 어둠의 나머지를 밀며
한숲한 목책에 밑에 이르면 손가락 물결 같이 이르면
거기 눈부신 새벽 빛과 샘물터리
솟아오르는 샘물아   아침햇살과
정거친 햇성화 보면나요. 눈
아침 가위결에 선연한 날에는
녹슬지 않은 꿈. 한 움큼
팽팽을 우사 구속똑이 갓친 빗살에 녹쳐서 촉촉다 더
뜰안 가득 머래디 꽃을 심어요.
내 단목티 완강한 비밀을 심어요.

소원이 쉬 말라 않는듯
나비 하늘에는
터빛 장미 꽃잎으로 자라서
진액의 도랑치게 않어서 고려서
어 많은 철쭉이   꽃으로 퇴어 나온
~~밤에서 내 머리 말에서~~
~~강율 숨소리로 씨워~~
아련한 퇴로 소리나로 갈이
물여 갔다간 다시 몰려오고
몰려 오는 사이
길긴 상수리때 잎새위에
은밀히 맺히는 이침 이슬아처럼 반짝 이,
그 악속을 향 있거게 위하며
이침마다 ~~봐는~~
치거운 청춘을 역을 씨어온 나로,
반짝 이는 갸게결 살어
마음 거거운 머지막 키기리가
이게 한 폴송지
하나씩 닫고 옾눈 ~~옻음~~

길

맨 처음
너를 찾아 나선 길은
외진 오솔길이었다
그때는 하늘을 찌르고 서 있는 대나무도
늠름하게 세상 지키고 서 있는 소나무도
바로 곁에 있다는 걸 미처 몰랐다
얼마쯤이나 헤맸을까
이제 한숨 돌리려고
주인도 모르는 뉘 집
좁은 툇마루에 걸터앉았을 때
문득 가슴까지 차오르던 바다
그 선연한 순간의 바다에
길이란 길은 모두 다
거기 닿아 있는 걸 보았다
세상은 혼자 가는 외길만 있지 않다는 걸
그때 비로소 알았다

이제야 쬐끔

한창때는
그저 보이는 대로 귀동냥한 대로
멋모르고 잘도 주워섬겼는데
혼자 세상 다 아는 것처럼
겁 없이 이죽거리기까지 했는데
점점 그게 아니지 싶다
더러는 앞에 보이는 것보다
뒤에 잘 보이지 않는 것이
더 마음에 걸리기도 하고
때로는 주변의 어떤 큰일보다
내 안의 작은 바늘 하나 때문에
더 큰 상처를 입기도 하면서
이게 뭐지 도대체 왜 이러지
여기저길 더듬으며 헤매다보니
누구에겐 아주 별스러운 일이
정작 나에게는 심상한 일이기도 하고
이쪽이 있으니 분명 저쪽이 있다고
이제야 쬐끔 뭘 보고 있다

동굴은 단지 굴이 아니다

여기, 아주 오래된 시간의 기억이
켜켜이 쌓여 있다
아니, 방금도 영원으로 촉촉이 흐르는
생명에 닿아 있다
온 우주의 형상이란 형상은 다 품고서
멎은 듯, 잊힌 듯 지키고 있는
여기서 잠깐 고개를 돌려 내다보면
그대로 빤히 보이는 세상
그 빤한 세상 물정을
이참에 한번
찬찬히 되새기는 건 어떻겠느냐고
넌지시 손을 내밀어주는
이리 보면 이것이고
저리 보면 저것이라는
한속에 꿴 답답한 아집 같은 건
예서 모두 훌훌 털고 나가라고
어깨를 툭툭 치며 다독여 주는
동굴은 단지 그냥 굴이 아니다

거룩한 원주

일찍이 원주의 무위당 선생은
말년에 이르러
집안 뜨락에 난 잡초 하나도
혹 잘못되지 않을까 조심조심하며
노심초사했습니다
그때 거기서 나는
이 세상의 거룩한 일은
아무도 눈길을 주지 않는
아주 작고 하찮은 일에서 싹이 터
끊임없는 사랑과 인내로 자라나는
거대한 나무가 아닐까 생각했습니다
이제 모든 생명은 하나같이 아름답고
참으로 숭고하다고 누구나 말합니다
그러나 그 뜻에 닿기란 쉽지 않고
더 나아가 그 뜻에 맞는 일 하나도
끝까지 지키기란 더 어렵습니다
원주가 거룩한 것은
원주 사람들이 여기 있기 때문입니다

꼭 옛말 하세요

시방 지구촌 곳곳이 들끓고 있지요
이름도 처음 들어보는 코로난가
그 뭔가 하는 것 때문에
세상이 온통 아수라장이지요
어딜 나다닐 수 있나
사람을 만날 수 있나
감옥도 그런 감옥에 갇혀 있자니
겨우겨우 숨이나 쉬지요
그런데 이보다 더 무서운 건
미처 그 실체가 무언지 모른단 거야요
보이지도 짚이지도 않으니까
그렇거니 괜찮거니 하다가 어느새 당하고
그걸 또 고스란히 이웃으로 사방으로
아주 빠르게 퍼뜨리면서
왜 그런지 모른다는 거야요
그래도 절망하거나 쉽게 포기하진 마세요
많은 이들이 필요로 하는 곳에서
마치 전쟁을 치르듯 애쓰고 있으니
거기에 우리 모두가 힘을 보탠다면

이 험한 사태도 헤쳐 나갈 거고
끝내는 코로난가 뭔가의 실체도 밝혀
이기고 말 거야요 꼭 그렇게 될 거야요
그러니 먼 뒷날 잊을 만하면
그렇게 말 하세요
그땐 우리가 하나 되어 해냈었지
그랬었지 하며 옛말 하세요
꼭 그러세요

내가 낯선 나

딱히 할 일도 없으면서
꼭두새벽에 일어나
혼자 찬 우유를 마십니다
미처 잠 덜 깬 식도를 따라
하얗게 내려가는 싸한 맛은
이내 희석되고
이번엔 까닭 모를 외로움이
온몸을 꽉 죄어듭니다
새벽부터 무슨 청승인가 싶지만
이때만큼은 누가 흔들어대지도
괜한 시비 걸어올 일도 없으니
온전한 고독의 심지에 불을 댕기고
가만히 나를 들여다 봅니다
그런데 거기 나는 온데간데없고
웬 낯선 얼굴이 하나
물끄러미 내다보고 있는 겁니다
그새 말라비틀어진 수숫대 같기도 하고
미처 덜 익어 잔뜩 떫은 감 같기도 한

냄새는 코의 탓이 아닙니다

살다보면
예서제서 이런저런 냄새가
끊임없이 코를 찌르게 마련입니다
그 냄새가 아무리 역하더라도
정말 참기 힘들더라도
그건 코의 탓이 아닙니다
그때마다 코를 틀어막고
얼굴 잔뜩 찡그리는 것까지는
어찌어찌 이해한다고 해도
아무 죄 없는 코에게
무지막지 들이대기부터 하는 것은
결코 코에 대한 예의가 아닙니다
그렇잖아도 시끄러운 세상
더 시끄럽게 할 뿐
사태가 해결되는 것도 아닙니다
그러니 애꿎은 코 탓하려 들지 말고
오직 한가지로 냄새의 근원을 찾아
잘 다스리고 볼 일입니다

하루는 먼 하늘

하루는 먼 하늘
그저 바라보고 있는데
거기 우련하게 떠 있는
구름 몇 떨기
저마다 하얗게 손짓하며
소리 없는 소리로 손짓하며
서로서로 부르고 있는데
저 먼 하늘
그보다 더 먼 어디선가
그새 또 일고 있을
보이지 않는 바람 한 줄기
무심한 바람 한 줄기
텅 빈 가슴 훑고는
이제 더는 아무것도
아무것도 손에 잡히지 않는
하루는 먼 하늘 한 자락

수도꼭지

일상으로 수도꼭지는
잠글 때나 틀 때나 한결같아야 하는데
더러는 그렇지 못할 때가 있다
가령 누가 덜 잠근 채 지나치면
쓸데없이 물을 질금거리게 되고
너무 빡빡하게 조여 놓게 되면
제때 부드럽게 풀리지 않아
누군가 한참 불편을 겪게 된다
이 모두는 결코 수도꼭지 탓이 아니다
그런데도 성질 급한 사람들은
앞뒤 가려가며 생각해보지도 않고
매번 수도꼭지가 못됐다고 한다
아예 아무것도 모르는 것처럼
들이대기부터 한다
이렇게 일상으로 당하면서도
수도꼭지는
꼭 제자리를 지키고 있는데
누구 하나 고맙다고는 하질 않는다.

도루묵, 아시지요

도루묵 아시지요
졸여내도 맛은 밍밍하고
살이 연해 곧잘 부서지는
조그만 바닷물고기
애초엔 묵이라고 했다는데
그 묵이 도루묵이 된 사연도 아시나요
그건 이렇습니다
어느 험했던 시절
깊은 산성으로 피난하신 나랏님이
초근목피로 연명한다는 게 어떤 건지
처음으로 백성들과 함께 겪게 되었을 때
어느 날 한 어부가 묵을 올렸는데
그 맛이 기가 막혀
이름도 이쁘게 새로 지어 내리셨다나
그 뒤로 환궁하신 나랏님은
이것저것 다 드셔 봐도
그때의 묵만 한 게 없었던지
어서어서 올리라 채근까지 하셨다나
그런데 정작 다시 드셔보니 맛이 영 아니라

에이, 이놈을 도로 묵이라고 하라 하셨다나
그래서 도루묵이 된 그 묵인데요
자꾸 오늘을 사는 우리 모습이
여기에 비춰져서 께름칙한 거야요
아무리 빠르게 변하는 게 세상이라곤 하지만
어쨌거나 도루묵이 묵이고 묵이 도루묵인데
때마다 이랬다저랬다 하게 만드는 세태가
도무지 어지럽기만 한 거야요
그러니 이제라도 똑똑히 기억해뒀다가
세상 뒤집어질 땐 꼭 중심 잡아주세요
변하는 가운데도 변하지 않는 맑은 영혼으로
우리 삶을 환하게 밝혀주세요
꼭 지켜주세요

그때 다 울었습니다

한때 나는 하늘이고 땅이고
거기서 끊임없이 일렁이는 바람으로
한껏 물오른 자유였습니다
언제나 꽃이고 이슬이고
하루하루 솟는 사랑이 맑은
영혼의 샘이었습니다
나는 줄곧 그런 줄만 알았습니다

그러던 어느 하루
무슨 까닭인지 꽃 지고 이슬 마르더니
한꺼번에 하늘과 땅이 텅 비었습니다
그제서야 나는
당신이 없는 세상의 나를 바라보며
처음으로 펑펑 울었습니다
그때 다 울었습니다

악기점에서

사방 벽으로
가지런히 걸려 있는 악기들이
금방이라도 저마다의 음색을 터뜨리며
와르르르 쏟아져 내릴 것만 같다
그러면 벽에 기대고 서 있는 피아노
단단한 건반이
그 소리 하나하나 다 받아서
다시 영롱한 빛으로 튕겨 올릴 것 같다
그 빛의 가닥가닥 잡을 수 있다면
잡아서 실로 자을 수 있다면
한 땀, 한 땀 그리움을 매듭지어
외로운 가슴, 가슴마다
이작 노리개로 달아주고 싶다
서로 다른 악기들이
저마다의 소리로 어우러졌던 것처럼
이 세상 시린 마음들이
하나로 따뜻하게 끌어안을 수 있게

어느 무미한 날의 풍경

저기 저기에
누가 혼자 웅크리고 앉아
찬 가랑비를 맞고 있네
하찮은 기별 하나마저
당최 먼저 건넬 줄 모르는
무심한 내일을 기다리며
하염없이 젖고 있네
어쩌면 가는귀를 먹어서
세상 요란하게 굴러가는 소리도
까맣게 놓치고 있는지 몰라
그렇지 않고서야
누가 부르지 않아도
제 발로 왔다 제 발로 가버리는
차가운 내일을 굳이 기다리겠나
어제도 오늘도
젖는 줄을 모르고 저리 젖겠나

그냥 웃으십시오

무언가는 해야 할 것 같아
늘 해야지, 해야지 하면서도
정작은 일상의 작은 무엇 하나
제대로 챙겨 건사하질 못합니다
까맣게 잊고 지나치다가
꼭 때를 놓칩니다
어쩌면 나는
잘 길들여진 게으름이지 싶습니다
그러니 내가
딱 이솝우화에 나오는 여우처럼
저 포도는 실 거야 하더라도
그냥 웃으십시오
빤한 속내까지는 들추려 마시고
그저 모르는 척 딴청이나 하십시오
그래야 나도 따라 웃으며
마냥 행복할 테니까요

너무 무심했습니다

그럭저럭 이제까지 잘 지냈는데
하루는 의사가 큰 병원으로 가보라고 해서
처음으로 대학병원을 찾았습니다
참 많은 사람들이 차례를 기다리며
숙연하게 앉아 있었습니다
아무리 되짚어 봐도
지난날 어디쯤에서 사달이 났는지
도무지 떠오르는 게 없습니다
아마도 보이지 않게 조금씩 조금씩 쌓인
세월의 찌꺼기거나 때 같은 것들이
몸속 이곳저곳을 휘젓고 다녀서
어쩌다 이리되었거니 하는 게
혼자 생각입니다
그런 몸속을 환히 보여주며
여기 이 돌기가 종양입니다
아직 악성은 아니지만 놔두면 암이 됩니다
그러니 미리미리 잘라내야 합니다
아픈 곳을 하나하나 찍어가며
아주 명료하고 단호하게 말하는

의사 앞에서 한동안 멍했습니다
이제까지 나는 단 한 번도 나에게
그렇게 명료하고 단호하질 못했으니까요
단지 무심하기나 했고 무심하다 못해
너무 잘못한 게 참 많았나 봅니다
그러니 앞으로는
늘 당신 바라보듯 나를 생각하며
천천히 사랑해야 할까 봅니다

혼자 괜한 생각입니다

저 높은 하늘에서 빛이 쏟아져 내리면
그때 이 지상에는 그만큼의 그늘이 지지요
이게 역설적이지 않나요
오직 빛만 있는 하늘에서 내려다보면
뜨거운 모래사막, 얼어붙은 허허벌판
깊고 푸른 바다, 높고 험한 산까지
온갖 게 꼬무락거리며 얽히고설켜 있는
이곳이 흥미롭고 궁금하기도 하겠지요
그러니 심심할 때면
슬금슬금 내려와 그늘을 만들고
여기저기 들춰가며 구기기도 하고
슬픔이나 아픔 같은 걸 안기는 것이겠지만
과연 그게 다고 끝일까요
어쩌면 그보다 더한 시련에도
꺾이지 말고 잘 이겨내라고
괜한 한눈팔지 말고 마음 다스리라고
한발 앞서서 닦달하는 건 아닌지
그래서 더 단단한 꽃으로 맑은 향기로
영원에 닿게 하려는 속 깊은 뜻은 아닌지

그마저 잘 모르겠습니다
하지만 세상은
그 통에 북적거릴 수 있어 행복하고
더 아름다울 수 있는 것처럼
우리네 빛과 그늘이란 게
멀리서 바라보면 다 거기서 거기 아닐까요
혼자 괜한 생각입니다

시대의 오랜 숙제

접경지역의 토종 민물고기로 시를 쓰라는
숙제를 받아들고 긴 생각에 잠겼습니다
시는 짧고 함축적이면 참 좋겠는데
늘어진 사설이 될 것 같아 걱정도 되지만
어쨌거나 토종 민물고기를 만나러
접경지역을 따라 북쪽으로 올라갑니다
조금만 가면 바로 분단의 현장을 만나게 되지요
그걸 각인시켜 주는 게 민간인 통제선이고
거길 지나면 군사분계선, 이른바 휴전선인데
그 남북 양쪽 2km가 비무장지대입니다
한때 접경지역인 철원과 양구에 살았지만
이렇게 다시 짚어가며 더듬어보아도
떠오르는 게 별로 없습니다
실제로 비무장지대에 들어가 보았던 것은
60년대 중반 군복무를 하던
아득한 세월의 저쪽 끝에서 가물가물거리는
기억 한쪽이 다이니 어쩌겠습니까
그러니 우리 대신 때마다 비무장지댈 들락거린
물고기나 하나씩 들춰보아야 하겠습니다

연어와 송어는 알을 낳기 위하여
바다에서 강을 따라 힘차게 거슬러 오릅니다
그 오랜 습성이 한결같기는 하지만
엄연히 바닷물고기입니다
아마도 애초엔 강에서 살았기 때문에
깊고 넓은 바다를 한껏 누비다가도
산란기가 되면 강이 생각나 그러나 봅니다
또 그 사촌쯤 되는 산천어와 열목어도
알을 낳을 때면 기를 쓰고 상류 쪽으로 오르는데
이건 또 민물에 갇혀 살게 되면서
다시는 바다로 나갈 수 없다는 그 무엇이
이렇게 하도록 만든 게 아닌가 싶습니다
그렇지 않고서야 눈과 온몸이 시뻘게지도록
저리 목숨 걸고 치열하게 뒹굴까 하는 겁니다
어쨌거나 이 모두는 토종이 아닙니다
토종 찾기는 점점점 힘들어졌습니다
그런데, 그런데 말입니다
멸종위기에 있던 미유기를 인공 부화시켜서
마침내 그 치어를 방류하게 되었다는

방송을 우연찮게 시청할 수 있었습니다
미유기야말로 메깃과의 토종 민물고깁니다
다 늦게라도 미유기를 만날 수 있었던 것처럼
어느 날 접경지역의 모든 철책이 제거된다는
먹먹한 가슴 뜨겁게 하는 소식을 듣게 된다면
그때는, 정말 그때는 말입니다
고향을 떠나서 고향을 그리던 이들이나
고향을 지키며 고향을 일구던 이들이나
사는 곳을 놓고 바닷물고기니 민물고기니 하고
고향을 놓고는 토종이니 외래종이니 하듯
또 다른 편 가르기나 어떤 생각에 갇히는
그런 끔찍한 덫에는 제발 걸리지 않았으면 합니다
분단은 눈에 보이거나 보이지 않거나
한 번만으로도 너무 아프고 또 너무 깊은 상처니까요

4부

겨울 끝 먼 풍경

더 위

콩크리트 지층나를
발들이 구두를 신고
걸어가고 있으니
뚝벅 뚝벅
울릴 수 밖에.

한손이 가방을 들고
무거우니 한손이
가벼워서 한들한들
흔들릴 수 밖에.

덜렁거리도 덜렁거리

뒷공복 불씨간
깜깜한 밤
별들의 숲에 갓혀
바람도 없는 나무를 찾어서
나무도 없는 숲을 찾어서
비지땀을 흘리고 있으니
무서워 하고 있으니.

덕이 가까워서
붙잡히면서
곤두박질치면서
이 공포는
왜 그럴까
이 더위는

여름에 당연한 것이지만
왜 그럴까.

한생이란 것은

한생이란 것은
어디 쓰일 자리에
반듯하게 놓이길 기다리는
가구거나 무슨 용품 같은 걸까

오직 단 한 번

아주 멀리까지 날아가
하얗게 폭발하여 끝을 내는
징그러운 포탄 같은 걸까

이도 저도 아니면

해바라기처럼
그리움의 사막 터벅터벅 건너는
낙타의 오랜 갈증 같은 걸까
한생이란 것은

그 길에서

나는
그 길에서 헤맨 적이 있다
- 산 너머 저쪽
아직 내가 철부지일 때였다
- 온 천지에 만발한 꽃들
보는 것마다 보이는 것마다
그대로 모두 다 갖고 싶었다
그렇게 끊임없이 욕심내며
종종거리며 헤맨 적이 있다
그러고도 지금 나는 여전히
그때 한번 꼭 움켜쥔
그 작은 미련 하나를 놓지 못하고
바동바동대는가 하면
다 바랜 세월의 갈피나 뒤적이며
쓸데없이 서성거리고 있다
그 길에서
한 발짝을 벗어나지 못하고
철부지로 있다

일상과 벽 사이

아침 잠에서 깨면
늘 습관처럼 길게 늘어진
거실의 커튼부터 걷습니다
그때 드러나는 헛헛한 풍경을
어항 속 붕어가 되어
그저 뻐끔뻐끔 내다봅니다
아직도 세상은
잠 덜 깬 민낯으로 푸석하고
깊은 강물처럼 시간은
어떤 흔적 하나 없이
아주 엄연합니다

(여기까지 일상입니다)

이제 창문을 열면
웅크리고 있던 싸한 바깥 기운이
한꺼번에 확 달려듭니다
이참에 거기 기대어
축 처진 마음이나 추스릴까

몇 번이고 크게 심호흡을 하지만
괜한 몸이나 부르르 떨고 있는
나는 여전히
한 치 미망에서 벗어나질 못하고
깜깜하니 헤매기나 헤매는 미련퉁이
뼛속까지 딱한 짐승입니다

(이제부터는 절벽입니다)

그날그날의 자화상

1
누구의 부축을 받지 않고도
혼자 산책을 한다든지
할 일을 거침없이 하고 있는 이들은
혹 그게 당연한 것이라 여기고
이때까지 잘 따라준 세상
고마운 줄은 알고 있기나 한지
오늘 하루는 그게 궁금했습니다

2
이제는 황홀한 꿈을 꾸며
무언가 획책해보려 해도
몸과 마음이 잘 움직여주질 않습니다
이 시간이 다 되도록
전화 한 통이 없는 걸 보면
자식들은 나름 많이 바쁜가 봅니다
그러니 오늘도 혼자 심심했습니다

3

병원에 들러 약국으로 가서
약을 한 보따리 받아 왔습니다
가는 곳마다 길게 줄을 서거나
번호표를 뽑아 들고 기다리는 이들이
참 많았습니다
모두들 약으로 살아간다는 그 말
어느새 내가 거기 들어가 있습니다

4

혼자서는 어쩌지 못하니까
때마다 아내를 재촉하며
그날그날의 이런저런 일을 합니다
그러면 얼굴을 맞댄 나는 기억하지만
곁에 함께 있던 아내에겐 관심도 없습니다
이렇게 한쪽만 마주 보았던 사람들이
세상 다 그렇거니 여길까 저어됩니다

5

하루는 문자를 하나 받고 울컥했습니다
내용이야 단지 안부를 묻는 것이었지만
아직도 내가 누군가의 기억 속에
잊혀지지 않고 오롯이 남아 있었다는
그 사실 하나 때문에
나는 나를 다시 돌아보게 되었습니다
그래그래 늘 부끄럽지 않아야 할 텐데

6

세상에 널린 게 허다하니
보는 것도 듣는 것도 많아서
쉽게쉽게 누리는 게 많은 것 같습니다
그런데 가만 들여다보면 그 누리는 만큼
또 다른 허기에 시달리지 않나 싶습니다
참으로 누린다는 것은 땀과 함께하는 일인데
모두들 그건 건성으로 여기는가 봅니다

혼자 생각입니다

한시도 지긋하질 못하고
근질거리는 욕망이
어쩌면 이 세상에
다양한 모습의 꽃을 피워
마침내 열매 맺게 하는
뭇 생명의 근원일지
단지 부끄러움 덩어리뿐일지
저 높은 하늘에선
참 어려운 숙제를 내고
이 아래 세상에선
그걸 온전히 풀어내느라
이리 헤매는 중이려니 하는 게
혼자 생각입니다
그렇지 않고서야
모두 거기 매달려 아귀다툼인데
어찌 하늘이
그 무슨 생각 하나 없이
그저 내려다보고만 있겠어요

그래 생각해봤습니다

갈수록 몸도, 마음도 점점 찌뿌드드합니다
그런데도 여전히 여기저기 들쑤시고 다닙니다
될 일, 안 될 일 하나 제대로 가리질 못하면서
쓸데없이 아등바등댑니다
자꾸 구시렁거립니다
왜 이러는지 모르겠습니다
긴 시간 지켜볼 것도 없이
단 한 발만 물러서면
웬만한 일은 다 거기서 거기란 걸
이미 겪을 만큼 겪어 알 만할 텐데
괜히 딴청에, 어깃장을 놓습니다
그래 생각해 봤습니다
가령 누군가가
오늘은 참 쨍하다고 할 수 있는 건
그가 어제까지의 어느 날엔가
결코 쨍하지 않은 것을
이미 겪어 알기 때문이 아닐까 하고
그러니까 쨍하다는 건
물리적으로야 어떨지 모르겠으나

밝음과 어둠에서처럼
쨍한 것과 쨍하지 않은 것 사이의
어떤 상태일 테고
누구나의 마음 깊은 곳에 웅크리고 있는
욕구나 욕망 따위가 빚어내는
낭자한 세상일 가운데 하나일 테니
이제부터는 하나씩 내려놓자고
내려놓고 그저 바라보자고
어렵게 생각 하나를 정리해봤습니다

이 봄에 미처 모르는 뭔가 있다

새파란 하늘이
잔뜩 웅크리고 있던 먼 산과 들판에
꽁꽁 얼어붙었던 개울가 얼음장 밑에
누군가 몰래 숨어들었나보다
겨우내 꼼짝 않던 잠의 무거운 어깨를
잡아 흔드는 기척이 있는 걸 보니
점점점 가까이에서
코를 훌쩍이는 소리가 들리는 걸 보니
숨어서 또 무슨 획책을 하나보다
그렇지 않고야
곳곳의 그 많은 나무와 풀뿌리들이
겨루기나 하듯 뾰족이 새싹을 내밀고
얼음장에 갇혔던 여울이
다시 아무렇지 않게 졸졸거리고
예서 제서 심통이나 부리던 바람이
저리 살랑살랑거릴 수 있겠나
아마, 아마도
시간의 줄을 잇는 어떤 사태보다
더 깊고 은밀해서

미처 아무도 모르고 있는 뭔가가
분명 따로 있나보다
딱딱하고 차가운 것에 착 달라붙었던
세상 온갖 사물을, 그것도 한꺼번에
이리 부드럽고 따뜻한 모습으로
환하게 환하게 펼쳐내고 있는 걸 보니
이 봄 미처 모르고 있는 누군가의
뜻이 또 따로 있나보다

꼭에 관하여

여태 살면서도
세상에 꼭이라는 일이 꼭 있어야 하는지
꼭 있어야 한다면
언제나 누구에게나 한결같아야 하는지
나는 여기서 한참 서툴다
어쩌다 외길에서
이 꼭이라는 사태와 맞닥뜨리게 되면
누가 내 의지와는 아무 상관없이
나를 한쪽으로 몰아붙이는 것 같아
이러지도 저러지도 못하고 머뭇대다가
어물쩍 넘어가는 게 고작이다
이렇다보니 그 꼭 앞에서는
늘 비굴했구나 하는 자괴감에서
결코 자유롭지 못하다
그래서 나 늦게나마
꼭 내 안의 도덕*으로 날 일깨워서
내 뜻대로 가겠다고 혼자 기를 쓴다

* 칸트의 묘비명에서 인용.

상처

사람들마다
고독한 날은 눈도 내리는
쓸쓸한 상처 하나쯤 갖고 있을 것이다.
드러내놓고 말은 않지만
더러는 가슴에
대못도 박혀 있을 것이다.
그러면서
환한 햇빛으로 헹구어 내는
들꽃 영혼처럼
형체 없는 소리를 터뜨리기도 하고,
여전히 뻔한 세월 견디며
점점 굳어지는 살 속에는
따로 진주조개처럼 아픈
세상의 상처 하나씩 품고 있을 것이다.
망가지면서 더 황홀해지는
내 안의 그리움 하나 간직하고
아주 오오래 버틸 것이다.

사람 사는 일이란 게

어느새 해가
긴 그림잘 드리우며 뉘엿뉘엿 집니다
그 뒤로 어스름이 슬금슬금 밀려듭니다
이제 먼 불빛이 하나, 둘 떠오르면
사람들은 하던 일 주섬주섬 거두고
비로소 마음의 짐을 벗습니다
하루의 족쇄를 풉니다
그러나 해방은 아닙니다
단지 일상입니다
누구는 곧장 집으로 달려가
눈에 넣어도 아프지 않은 식구들 품에 안고
(그 자체가 기쁨이고 바람이니까)
누구는 또
차츰 술기운이 돌기 시작한 골목을 누비며
한참을 더 휘청거려야 하고
(쌓인 긴장은 그때그때 풀어야 하니까)
사람 사는 일이란 게
멀리 던지면 더 빠르게 되돌아오는
부메랑 같아서

이제까지 길들여진 습관의 잘잘못이나
끊임없이 보채는 욕망 달래기만으로
간단하게 뭐라 할 수 있는 건 아닙니다
어쩌면 보이지 않아서
모르고 지나칠 수 있는, 지나치고 있는
더 많은 무엇이 있지 않을까
곰곰 생각해 봅니다
하지만 누구도 확연히 말할 수 있는 건
삶은 단 한 번뿐이라는 것
결코 되돌릴 수 없다는 사실뿐
도무지 자명한 게 없단 겁니다
그저 그 길 따라 끝까지 갈 수밖엔

아무리 생각해봐도
— 가을 벌판에서

이글거리는 욕망을 좇아
등등하던 그 많은 풀들이
어느 하루아침
조금씩 시드는가 싶더니
시들어 마르는가 싶더니
끝내 저 너른 벌판 가득
뻣뻣이 몸져누웠다
간간 부는 바람에
속절없이 서걱거리기나 하며
정작 옆에서 흐르는
냇물 소리 하나
바로 알아듣지 못한다
한창 시퍼렇던 시절 멋모르고
어딘가에 잘못 빠져
영 헤어나지 못한 때문일까
아니면 단 한 번 못 박힌
그 자리에 그대로 녹슨 탓일까
아무리 생각해 봐도
통 가늠이 안 되는데

그 순결했던 영혼은 박제되고
풍성했던 몸은 말라비틀어진 채
뻣뻣하게 마른 풀들이
그저 멍하니 쳐다보고 있다
그 통에 괜한 가을이 다 미안하고
세상은 또 까닭도 모르면서
한참 허전하고 적막하고 그렇다

알다가도 모르겠네

우리 사는 데서
빠듯하고 팍팍한 걸 빼고 나면
거기, 더는 뭐가 남겠나
빈 달빛처럼 괴괴하기나 할까
아니면 저 높은 하늘에 마음 없고
밤이면 밤마다 소리 없이 피어나는
꿈속의 달맞이꽃이기는 할까
혹, 누가 알겠나
살다보면 '열려라, 참깨' 한 번에
세상 뒤집어지는 날벼락을 맞을지
허나 그게 다 어떻단 걸 뻔히 알면서
어쩌자고 그 흉한 덫에 걸려드는지
그래서 하루아침 아주 깨끗이 거덜내고
야반도주했다는 그런저런 풍문이 떠도는지
오늘도 눈앞에서 벌어지는 세상일의 속내란 게
워낙 만화경 속보다 요란하고 어지러워
나 같은 숙맥은 알다가도 모르겠네
점점 더 모르겠네

움

다시 한 번
살 찢는 아픔을 딛고
깨어나야 한다
지난겨울의 굴레에 갇혀
언제까지고 깜깜할 수 없으니
몽롱한 꿈에 취해
흐느적거릴 수만 없으니
이 봄에는
아주 환한 연둣빛으로
환한 연둣빛 생명으로
솟아나야 한다
피어나야 한다
확연한 이 세상 밖으로
이 세상의 예쁜 꽃으로
다시 한 번
살 찢는 아픔을 딛고

그리고 또 오랜 다짐

내 안에 정작 내가 모르고 있는
내가 또 따로 있나봅니다
때때로 짚이는 게 없어도
가슴 먹먹하거나 짠한 걸 보면
어디 드러내고 싶지 않은
뭔가가 잔뜩 엉켜 있는 모양입니다
아무리 시간이 가고 세상 무섭게 변해도
끝내 움쩍을 않고 있는
지우려 들면 들수록 더 끈적거리는
무슨 얼룩 같은 걸로 말입니다
오늘은 꽃밭에서 나풀거리는
노랑나빌 보았습니다
가끔 이렇게 혼자만 봄날인 것도
참, 딱한 노릇입니다
그러니 이젠 내가 먼저 나를 벗겨서
있는 힘껏 두드려 빨아야겠습니다
말가니 헹구어낼 수 있을 때까지 빨아
환한 볕에 내 널어야겠습니다

저녁 무렵

어둠이 깔리기 전
종일 부글거리던 신경도
차츰 가라앉고,
그때까지
어깨선 하나를 겨우 지우며
꼼지락거리던 바람이
빈 숲속
마른 나뭇가지에 걸린다.
그리고 망초꽃처럼 하얗게
낮은 둔덕을 점령하고
몰려오는 공허가
어느새 축축해지는
안개 속에서 잠깐 길을 잃고,
단조로운 음악은
너무 가지런해서 적막하다.
아직 어둠이 깔리기 전

괜히 혼자 헤매다

봄볕이 환한
아파트 쓰레기 수거대 한쪽에
의자가 하나 버려졌다
한눈에 보기에도
예까지 버텨온 날들이 만만찮고
또 많이 헛헛한데
정작 의자는
이미 쓸모없이 되었단 걸
먼저 알고 있었을까
아니면 세상 그 무엇도
끝은 다 거기서 거기라는 걸
쭉 지켜보면서도
자잘한 욕망의 미련 하날 어쩌지 못하고
거기 아등바등 매달려서 보채기나 보채며
끊임없이 삐걱거렸던 건 아닐까
아니지, 아니지 이 의자만은
바로 오늘 아침까지도
살아 몽글거리는 비누 거품에 싸여
풋풋한 꿈을 꾸며, 그리워하며

누군가가 부드럽게 앉아주길 바랐을 거야
꼭 그랬을 거야
봄볕은 환하고 따사롭기만 한데
괜히 다 낡은 의자 앞에 서서는
되지 않은 생각이나 굴리며 구시렁구시렁
혼자 끙끙거리는 것이다
혼자 헤매는 것이다

척하면 척이라는데

우리 말에 뜻이 다른
'척'이 꽤 여러 개 있다
그런데 누가 척하면 척이지
별걸 다 갖고 더듬거린다고
다그치기라도 하면
보기보다 한참 얼뜬 나는
그때마다 그게 어느 척인지
퍽 난감하다
앞도, 뒤도 없이 싹뚝 자르고는
척 알아먹으라는 횡포 앞에
속절없이 휘둘리며 허둥대고
무섭게 변하는 세태에
이래저래 치이기나 하는 걸 보면
어느새 나도
낡기는 많이 낡았나보다
척하면 바로 척을 못 알아보니

겨울 끝 먼 풍경

저기, 저기
냇가 긴 둑길 너머
새파란 하늘이
깊은 고요를 끌어다 베고
말갛게 누웠다

그 아래쪽에
다 늦게 추월 타는지
시냇물이
푸석한 얼음장을 덮고서
간간 코를 훌쩍인다

조금 더 멀리
미루나무가 서너 그루
밋밋하게 서서는
오늘따라 바람 한 점 없다고
괜한 성활 대며 시위다

그늘

하늘 아래로 빛이 내리면
그때 지상에서는 빛으로
길게 그늘이 진다.
16세기에는 16세기 풍으로
또 한참을 지나
18세기에는 18세기 풍으로
나무 밑에는 나무 모양
그늘이 진다.
부드러운 햇살을 타고
풍금 소리가 울려 퍼지면
나무들은 맨발로
춤을 춘다.
그늘이 없는 하늘에서
나무는 나무로 자라지 못하니까
꽃 피워 열매를 맺을 수 없으니까
지상에서 나무는
그늘로, 서툰 몸짓으로
구겨지기도 하면서
아름다운 꿈을 꾼다.

5부

참
머
나
먼
길

멘델씨 나의 멘델씨

그래도 지구는 돈다는 갈릴레오
마지막 진리의 헛불을 지키며
순종만을 뽑아내는 멘델씨.
파란 씨앗에서 파란 싹이 돋아나고
노란 꽃에서 노란 씨가 터져나오는
확실한 계산의 저편 속에
폭 빠진 멘델씨, 나의 멘델씨.

탱자나목에서 오렌지가 달리고
복숭아, 포도, 개살구도 열리는
오늘의 희한한 조화 속 세상에
순종이라는 바보같은
그런 것 누가 믿기나 하나요.

멘델씨, 보여줘요.
자유라는 거, 혁명이라는 거
독선에 가지런히 걷던
싫든 분에 싫고 좋은 것도
한 자리에 어우러지는 아름다움
싱싱한 바다가 설레이는 모습같은
살아있는 것 좀 보여줘요.
썩지않는 영원한 것 좀 보여줘요.
멘델씨, 존경하는 멘델씨.

7

피에타 우리의 피에타

정작은 어인 까닭인지도 모르면서
세상의 허기란 허기는 모두 안고
하염없이 피 흘리는 피에타
우리의 피에타
가엾은 한쪽 눈으로는
다른 한쪽이 보이지 않아
아무도 모르게 증발하다가
마침내 하얗게 굳어버린
저 깊은 동굴 속
깜깜한 암염 덩어리처럼
망각을 일상으로 되새김질하는
피에타, 우리의 피에타
세상 어떤 목마름도, 고통도,
마지막 슬픔마저도 보지 못하고,
끝내 보지 못하고 갇혀서
헤매기나 헤매는
하염없이 피 흘리는

날씨
— 니하운 거리

종일토록
안데르센은 귀가 먹어
낯선 골목길을
자꾸 오락가락하는데,
하늘에는
새끼 잃은 어미 염소들
목 타는 울음소리 같은
물방울이 몇 개
먹먹하게 매달려 있다.
누군가 그리워서, 그리워서
기다랗게 늘어놓은
길거리의 좌판 위에는
무슨 부끄러움인지
잘 만져지지도 않는
무슨 슬픔인지
달그락 달그락거리는 소리가
조그맣고 외롭게
보인다.

날씨
— 시벨리우스 공원

아름답고 정갈한 것들은
모두
마른 모래 속으로 스미는 물처럼
단순하고,
은빛 파이프에 쏟아지는 햇살이
환청으로 부서지며
가늘게 가늘게 반짝거리는데
손바닥 안에 갇힌 것처럼
가깝게 보이는 바다에는
고만고만한 배들이 몇 척
무겁게 닻을 내리고 뒤척인다.
가끔 보채듯 웅얼거리는 소리가
나지막이 들린다.
그러나 어디서도
동트기 직전의 떨림 같은
팽팽한 긴장은
좀체 손끝으로 와 닿지 않는다.
하루 종일 투정부리는
아이들 하나 없이 쏟아지는 햇살이

무심하고 적막하다.

날씨

— 게이랑에르 피오르드

아주 오래된 적막을 안고
비췻빛 푸른 물이
내륙 깊숙한 곳까지 들어와
우아하게 누워 있고,
그렇게 누워서
긴 바다가 된 시간을
한참 목이 마른 햇살이
발을 담그고 찰방찰방거린다.
그때마다
밋밋하게 깎여서 깨끗이 늙은 바윗덩어리가
통째 거대한 산이 되어 다가오다가
갑자기 느린 뱃머리에 부딪히고
민망하게 기우뚱거린다.
어디서 누가 또
죄인 줄도 모르는 죄를 지으며
오슬오슬 떨고 있는지
어린 물풀들이
얕은 물가로 밀려 나와서
수줍은 속 말갛게 드러내놓고

또 파랗게 추위를 탄다.

날씨
— 그리그의 집

잔뜩 흐리고, 느린 바람이 분다.
많이 찌뿌드드한 날은
한 번에 와짝 깨지면 끝이니까
오랜 꿈속으로 가만가만 기어들어가
잠든 시늉이라도 해야 한다.
하루하루 삭막한 것은
그 흔한 무슨 탓 때문이 아니다.
보이지 않게 쌓이는 먼지의 무게만큼
무미한 세상의 어떤 문제다.
이 집에서 만나는 거인이
뜻밖에 작고,
더러 모습을 드러내는 바다가
워낙 속이 깊어 잠잠한 걸 보면
더 그렇구나 하는 생각이 든다.
수줍다가도 곧잘 화내고
홀딱 뒤집어지기도 하는
멀쩡한 세속의 인심과는 달리
이 그리그의 집 유리창을 열면
아직도 사방에서 영혼을 맑게 헹구는

은빛 종소리가 은은하게 들린다.

날씨
— 두 개의 풍경에 끼어

오페라 하우스는 시드니에 있고
여기 코펜하겐에 있고
좀 멀기는 멀지만
집 가까운 서울에도 있는데,
오늘 하루는
고장나지 않은 영혼의 맑은 소리가
투명한 하늘 높이까지 차오르다가
천천히 천천히 내려오며 반짝거리는
도시 안쪽의
잔잔한 바다와 만난다
어쩐지 부럽고 또 탐나는지
자꾸 삐딱한 심보가 고개를 내민다.
저 멀리 몇 척인가 작은 배들이 일렁이는
한가한 갈매기가 보이기도 하고,
말을 잊고 골목길을 헤매는 노인들의
어눌한 눈동자도 더러더러 보인다.
이렇듯 조금씩 목이 마르거나, 속이 타는
또 다른 풍경 속 무심한 햇살이
입 안에서 녹고 있는 박하사탕처럼

싸하고 외롭다.

날씨
— 뭉크를 보며

아주 오래되고
손때 많이 묻은 세월의 흔적을
양구의 박수근이
꼬깃꼬깃 정림리 풍경으로 구기고 있을 때
그곳 사람들은
곁눈 한 번 팔기 쉽지 않았고.
절어붙은 생활이
힘에 부치고 너무 절박하여
어쩐지 편하게 바라볼 수 없었는데,
오슬로의 뭉크는
환하게 들여다보이지도 않고
그저 뭉그적거리기나 할 수밖에 없는
몽환의 눅눅한 기억을 따라
아픈 시간을 헤매고 있어서
이곳 사람들은
과연 얼마나 너그럽게 사랑하고 있을지
보고 또 보고 있는데,
어디선가 문득
붉은 동백꽃 떨어지는 신음 소리가

무겁게 무겁게 들려왔다.

날씨
— 아말리엔보르궁 앞을 지나다

빈 하루
비가 아주 쬐끔 뿌리다가
이내 부는 바람 소리에
허리가 꺾이고,
여왕은
2012 올림픽이 열리는 런던으로
전용선을 타고 떠난다.
길게 깔아놓은
붉은 카펫을 천천히 지나서
그 사이
여왕의 깃발은
작은 목함 속에 접힌 몸을 눕히고
한동안 꼼짝없이 갇힌다.
세상이 깊이 잠든 것처럼
여전히 바다는 적막하지만
때때로
밭은기침 소리 하나에도
잔물결을 일으킨다.

눈밭에서

아무도 지나가지 않은 눈밭에
새로 하얀 발자국이 났다
누가 어디서 왔다가
다시 어느 먼 곳으로 갔는지
한 발, 한 발 지르밟으며 나아간
뽀송뽀송한 영혼의 흔적 또렷하고
참, 깨끗하다
험한 길, 곤한 몸 이끌며 갔을
두 발의 외로운 노동이
결코 만만치 않았을 텐데
그때마다 앞만 보고 내딛은
맑은 결기가 오롯하다
눅눅한 세상의 하고한 얼룩들
모두 거두어 가슴에 안고
저만치 누워 있는 눈밭의 고요 속을
오늘은 또 누가
어떤 발자취로 길을 열며
하얗게 지나가고 있을까, 있을까

도촌리*

맨발로 걸어가는 신작로
낮은 길가 지붕 위로는
오랜 세월
흙먼지가 내려와 쌓인다.
그때마다
하릴없이 나일 먹고 있는
도촌리 사람들
텅 빈 가슴에는
마른 비가 내린다.
저, 아득한 세상 밖으로
기다림에 목을 빼고,
하염없이 기다리는 시간이
사랑이라고,
그리운 이름마다 각인하듯
하나씩 지등紙燈을 매단다.

* 양구 남면의 마을.

132

떠도는 대합실

딱히 어디로 갈지 모르는 채
오늘도 헤매고 있는 맨발들이
정작 가슴 저리고 목이 말라
다급할 때면
꼭 이리로 와서들 동동거립니다
다들 기다리는 눈은
언제쯤 내릴지 기미가 없는데
자꾸 시곌 들여다보며 주억거립니다
이제까지 세상에 내린 눈은
희고, 차갑다는 것밖엔
달리 확인된 게 없습니다
그래서 또 무얼 어찌해야 할지
그저 웅성웅성거리기나 하다가
빈손으로 돌아서야 하는 맨발들이
이제 회전문 안에 잠깐 갇혔다가
또 어디론가 뿔뿔이 흩어집니다
그 헛헛하고 휑한 뒷모습이
오늘따라 더 추워 보입니다

오늘 사랑앓이로

태어나 처음으로 사랑앓이할 때는
누구 생각 근처에만 가도
벌써 심장부터 쿵닥거리지 않았나요
두 눈 멀쩡하게 뜨고도
세상에 보이는 거라곤 그 누구뿐
애써 용기를 내봐도
그 앞에선 정작 한마디 못 하고
혼자 끙끙대기나 하다가
애꿎은 풀꽃만 한 움큼씩 뜯어
저 허공 깊은 곳에 뿌리지 않았나요
왜 아니겠어요
그래서 말인데요 만약 정말로 만약에
그때로 다시 한 번 돌아간다면
이번에도 미적미적거리다 말 건가요
아니죠 절대로 그럴 순 없겠지요
그러니 오늘은 오늘
분명 오늘의 사랑앓이로 만나세요
만나서 뜨겁게 확실하게 포옹하세요

아주 먼 길

며칠째 안개는
저 혼자 세상을 다 덮고
죽은 듯 미동도 없는데
거기 어린나무들이
꼼짝없이 갇혀
영문도 모르는 채
때아닌 추월 타고 있는데
그렇게 며칠째
아득히 보고 싶은 하늘은
얼굴 한번 내비치질 않는데
오오 누구인가
아무리 휘휘저어도
무엇 하나 걸리는 게 없는
이 고요의 끔찍한 시간마저
한 땀 한 땀 오롯이 떠서는
마침내 온전한 그리움으로
더 깊은 사랑으로 꼭 품고
아주 먼 길 가고 있는 이는

참 머나먼 길

오늘도 쪽빛 바다를 한옆에 끼고
오밀조밀한 7번 국도를 달립니다
열린 창으로 밀려드는 바람이
싱그럽게 두 뺨을 간질이는데
오래도록 응어리진 가슴속 그리움은
반쪽이 다 되어서도 영 가시질 않네요
저 너른 바다만큼
저 깊은 하늘만큼
원 없이 달리고 또 달려보아도
여전히 먹먹한 시간에 갇혀서
한 발짝을 벗어나질 못하네요
어쨌거나 그렇게 살아서
우리는 언제나 다시 만나게 될지
만나서는 또 하나가 될 수 있을지
그 끝이 보이질 않네요
오늘도 달리고 또 달려온
7번 국도의 끝은
바로 저기가 거긴데 말입니다

그대 떠난 빈자리가 쓸쓸한 것은

그대 떠난 빈자리가 쓸쓸한 것은
아직도 그대가 그리운 까닭입니다.
그립다는 것은
그대에게로 향한 채 멎어버린 시간이
보이지 않게 조금씩 증발하여
마침내 투명한 이슬처럼 맺히는
어떤 갈증입니다.
그리하여 멀리 떨어져 있을수록
아득히 목이 마른 그대는
언제나 선연한 물빛입니다.
수수만년 어둔 동굴 속 소금으로 있다가
문득문득 살아나는 암각화처럼
그리운 세월의 기억으로 또 깊고, 또렷합니다.
어느 날 아무 생각 없는 눈발이
희끗희끗 흩날릴 때도
그대 떠난 빈자리가 쓸쓸하고,
더 추운 까닭은
아직 그대 사랑하기 때문입니다.

하늘에서 한 시간 남짓 바라본

취리히에서 프랑크푸르트까지는
여객기로 한 시간 남짓이다.
그 짧은 여정이
옹색한 창으로 내다보고 있는 알프스
주름진 어깨 위에서
하얗게 빛나는 만년설을 삼키고,
이내 끝이 보이지 않는 벌판으로 내닫는다.
드문드문 떠 있는 호수나 물줄기가
푸른 생명을 품고 반짝이는데,
벌판은
밭으로, 과수원으로, 띄엄띄엄한 집들로
아주 잘 구획된 어떤 부러움이다.
(인간의 기준으로 그렇다.)
그러나 이런 부러움이란 것이 온당하기는 한 걸까?
어쩌면 소리 없는 저항에 등 돌린 횡포거나
무서운 줄 모르고 저지르는 죄악은 아닐까?
만약 또 다른 어떤 생명체가 있어서
똑같은 방법으로 야금야금 조여온다면
그때는 어디까지 밀려날 수 있다는 걸까?

의문에 의문이 막 꼬리를 물기 시작하는데
둔중한 기체가 몇 번 기우뚱거리는가 싶더니
짧은 여정이 긴 여운을 끌며
활주로 위로 털썩 내려앉는다.
철없는 인간들이 좀 시끄럽고,
때로 방자하게 굴기는 하지만
묵묵히 자리를 지키며
세월의 풍화에도 잘 견디고 있는 별
자그마한 지구는
여전히 영롱한 초록으로 일렁이는
그러나 조심스러운 레노*이다.

* 악보에서 조용하게 연주하라는 지시어.

고요하게 저무는 풍경

오민석
(문학평론가 · 단국대 명예교수)

치열함 너머의 치열함

흔히 말하듯이 치열함은 예술의 강력한 엔진이다. 치열함이 없이 세계는 문을 열지 않고, 치열함이 없이 파사드 뒤의 현실은 드러나지 않는다. 예술의 위대한 전사가 치열한 의식의 망치로 거짓과 위선과 공포의 벽을 두드릴 때, 낡은 진리는 풍문이 된다. 시인 김수영이, "아픈 몸이/ 아프지 않을 때까지" "온갖 적들과 함께/ 적들의 적들과 함께" 가자고 결단할 때, 거짓의 1960년대는 풀처럼 무릎을 꿇었다.

이렇게 강력한 의식이 예술적 정동의 한 축을 이룬다면, 예술적 성취는 정반대의 방향에서 오기도 한다. 어떤 시인은 치열한 의식을 그 자체 극대화된 주관성이자 세계에 대한 사적 전유의 한 형식으로 간주한다. 그리하여 노련한 검객처럼 어깨의 힘을 빼고 몸과 의식을 자연스러운 바람의 흐름에 내맡긴다. 낙엽처럼 가벼워진 의식은 주관성 제로의 상태를 유지하고, 자연과 하나가 되거나 아니면 자연의 상태로 돌아간다. 마치 잡다한 주관성을 괄호치기bracketing하고 판단 중지epoche의 상태에 이른 현상학자처럼, 강렬한 의식을 잠재운 자리에서 세계와의 조용한 대면이 이루어질 수도 있다. 윤용선의 이 시집은 그렇게 달뜬 열망과 욕망을 가라앉히고 고요하게 저문 의식만이 만날 수 있는 아름다운 풍경들을 보여준다.

바람이 멎고, 눈이 그치자
눈발 사이에 갇혀 있던
작은 새들이
푸득푸득 적막을 털며 날아가고,
뒤에 남은 빈 가지만
혼자 흔들린다.
그때까지
추위를 견디다 반쯤 얼어붙은

지상의 곤한 슬픔이
아주 잠깐 동안 포근하다 말고,
흰옷을 걸친 나무들은
어쩐지 길을 잃고 떠도는
토르소 같다.

눈이 그치고, 바람도 멎은
그 바로 뒤
놀란 하늘에서는
아직도 씻어내지 못한 부끄러움과
잘 지워지지 않는 상처가 뒤엉켜서
혹은 얼룩으로, 혹은 아픔으로
말갛게 꼬무락거린다.
　　— 「눈 온 뒤」 전문

　이 시는 한편으로는 눈이 내려 고요해지는 자연의 풍경
을 묘사하면서, 다른 한편으로는 욕망의 끌탕이 점점 가
라앉으며 고요해지는 마음의 풍경을 그리고 있다. 첫 번
째 연이 눈 내리고 바람이 그친 후에 고요해지는 자연의
풍경을 그리고 있다면, 두 번째 연은 그것과 동시에 그것
처럼 가라앉고 있는 마음의 풍경을 그리고 있다. "부끄러
움", "상처", "얼룩", "아픔" 같은 것들은 욕망의 가시들이

세계와 만날 때 생기는 옹이들이다. 주관성의 강렬한 의식이 세계를 지배하려 할 때, 의식과 세계 사이에서 싸움이 일어나고, 주관성의 요구대로 세계가 잘 움직여주지 않을 때, 주체엔 좌절과 상처와 아픔의 정동이 각인된다. 주체는 그 어떤 주관성에 의해서도 세계가 전유되지 않음을 알고 나서야 비로소 세계에 대한 지배 의식을 포기한다. 위 텍스트에서 "눈 온 뒤"란 바로 세계와의 단순하고도 정직한 대면을 가로막는 모든 잡것을 괄호치기한 후에야 비로소 찾아온 고요의 시간을 가리킨다.

그저 지나다가 보이기에
왜, 그러고 서 있느냐 물었다
아무 말이 없었다
어쩌다가 생각이 나기에
여태도 그러고 있느냐 물었다
역시 답이 없었다
늘 헛헛한 욕망의 굴레에 갇혀
끊임없이 헤매기나 헤매다가
그렇게 그렇게 세월은 흐르고
내 몸이 마음이
어느 날 제풀에 주저앉아
아무 생각 없이

세상 있는 대로 그대로

다시 바라보게 되었을 때

그제야 나는

그 오랜 은행나무가 다름 아닌

나 자신이라는 걸 알게 되었다

— 「오랜 은행나무」 전문

주체는 여러 각도에서 세계에 말을 건다. 주체는 세계에게 "왜, 그러고 서 있느냐", "여태도 그러고 있느냐" 같은 질문들을 던지지만, 세계는 답하지 않는다. 주체의 모든 질문은 주체의 "헛헛한 욕망"에서 나오는 것이며, 세계가 그것에 답할 의무는 없다. 주관성에 전유되지 않는 세계 앞에서 주체가 할 수 있는 일은 끊임없이 헤매는 일("끊임없이 헤매기")밖에 없다. 오랜 헤맴의 시간이 지나고서야, 몸과 마음이 "어느 날 제풀에 주저앉아" "세상을 있는 대로 그대로/ 다시 바라보게 되었을 때"에나 주체는 사물과 아무런 매개 없이 만날 수 있다. 그러려면 주체는 세계와의 투명한 만남을 방해하는 온갖 주관성을 버리고 "아무 생각 없"는 상태가 되지 않으면 안 된다. 이것이야말로 현상학적 에포케의 순간이 아니고 무엇인가. 또한 『진심직설眞心直說』(정언 선사) 7장의 "진심식망眞心息妄"의 교훈대로 '망심妄心'을 버리고 '眞心'에 이르는 길이 아니고 무엇인가. 시인은 은행나무와의 "오랜" 대면 끝에 "제풀에 주저앉아" 비로소 망심에서 벗어난 상태가 된다. 이런 상태를 치열함 너머의 또 다른 치열함이라 말해도 좋다.

하지 않을 수 있는 힘

윤용선의 시들을 읽다 보면 문득 조르조 아감벤G. Agamben의 '무위inoperativeness' 개념이 떠오른다. 그에게 있어서 '무위'란 무능력이 아니라 '하지 않을 수 있는 힘'이다. 할 수 있는 것만이 능사가 아니라는 것. 하지 않을 수 있는 힘은 하지 않음으로써 할 수 있는 것들의 잠재성을 극대화한다는 점에서 더 큰 힘일 수 있다.

요즈음은
몸도 마음도 한창 물들고 있는
깊은 가을입니다.
때때로 지고 있는 나뭇잎들이
바람을 타고 우우우 몰려다니는 소리가
제법 차갑습니다.
조금씩 짧아지는 햇살은
서둘러 은빛 단추 구멍을 만들고,

그 속으로 들여다보이는 세상은

지금

고만고만한 굴비들이 한 줄로 엮여서

하루하루 습관처럼 마르고 있습니다.

괜히 한 걸음 더 바싹 다가서려다가

발목을 잡힌 것처럼 나란히

누워 있습니다.

누가 뭐래서가 아니라 그럴 때가 되어서

할 일 다 접고 그냥 있는 겁니다

　　　 ― 「가을 소식」 전문

"가을"은 일과 시간으로 치면 미네르바의 부엉이가 날아오는 황혼 녘이다. 인지와 정서와 지혜가 최고로 익어가는 시간에 시인이 하는 일은 놀랍게도 "할 일 다 접고 그냥 있는" 것이다. 시인은 "누가 뭐래서가 아니라" 단지 "그럴 때가 되어서" 무위의 시간에 든다. 시인에게 지혜의 시간은 아무것도 하지 않음으로써 잠재성을 극대화하는 시간이다. 시인은 "몸도 마음도" 다 깊은 가을이 되어서야 자연스레 무위의 상태에 든다. 그에게 무위의 철학은 무위의 미학으로 이어진다. 그의 시들은 완성하거나 구축하기 위하여 치열하게 몸부림치지 않는다. 시작詩作에 있어서도 그의 치열함은 '하지 않음'을 따르며, 하지 않음으로

써 더 커지는 잠재성을 추구한다. 그는 애써 꾸미거나 구
축하지 않으며, 하지 않음의 상태에 시를 놓아둔다.

저기 저기에
벽도 없는 벽 속에
혼자 세상 적막 헤치며
바스락거리는 게
그게 누구지 누구지
저 깊은 안개 속
단단한 사과가 시방
사각사각 익어가고 있다

모두 잠이 들었는데
그게 아니지 아니지 하며
혼자 세상 휘젓고 있는
저 시고 떫은 게
그게 누구지 누구지
저 짙은 안개 속
탱탱한 감이 시방
몰래몰래 익어가고 있다
　　　―「그게 누구지」 전문

시인이 볼 때 '~되기becoming'는 가시적 공간에서 요란하게 이루어지지 않는다. 그것은 아무도 보지 않는 "벽 속에/ 혼자 세상 적막 헤치며" 이루어지거나 "모두 잠이" 든 세상의 "짙은 안개 속"에서 이루어진다. 잘 보이지 않는 깊은 안개 속에서, 모든 것이 잠들고 고요한 한밤중에 "사각사각" "몰래몰래" 익어가는 사과와 감이야말로 하지 않음으로써 더욱 커가는 잠재성의 기표들이다. "그게 누구지"라는 제목은, 움직이지도 않고 보이지도 않는, 그러나 어디 있는지 다 알 것 같은 존재들을 향한 주체의 비적극적인 질문이다. 이 질문은 굳이 답을 필요로 하지 않는 질문이라는 점에서 무위의 고요한 질문이기도 하다.

무위의 주체와 또 하나의 나

강하고 치열한 주체 근처엔 다른 주체가 들어설 자리가 없다. 강력한 주체는 마치 위성 없는 항성恒星처럼 홀로 군림한다. 그러나 무위적 주체는 자신을 약화함으로써 다른 주체들이 들어설 여지를 만든다. 그것들은 타자이자 또 다른 자아이면서 무위적 주체의 거울 역할을 한다. 무위적 주체는 하지 않음으로써 더 큰 잠재적 주체가 된다.

딱히 할 일도 없으면서

꼭두새벽에 일어나

혼자 찬 우유를 마십니다

미처 잠 덜 깬 식도를 따라

하얗게 내려가는 싸한 맛은

이내 희석되고

이번엔 까닭 모를 외로움이

온몸을 꽉 죄어듭니다

새벽부터 무슨 청승인가 싶지만

이때만큼은 누가 흔들어대지도

괜한 시비 걸어올 일도 없으니

온전한 고독의 심지에 불을 댕기고

가만히 나를 들여다봅니다

그런데 거기 나는 온데간데없고

웬 낯선 얼굴이 하나

물끄러미 내다보고 있는 겁니다

그새 말라비틀어진 수숫대 같기도 하고

미처 덜 익어 잔뜩 떫은 감 같기도 한

—「내가 낯선 나」전문

"까닭 모를 외로움"을 언급하는 것은 화자가 무위적 주체일 때만 가능하다. 강력한 주체는 주관성이 지배하는 제국에서 고독을 느낄 여지가 없다. 무위적 주체가 느끼는 '외로움'은 마치 묵시록처럼 또 다른 주체의 탄생을 예고한다. 무위적 주체가 자신을 약화해 "온전한 고독"의 상태에 도달할 때, 주체를 들여다보는 또 하나의 주체가 탄생한다. 이 주체는 원-주체proto-subject라는 항성의 주위를 돌며 그것을 비추는 위성 같은 존재이다. 화자를 "물끄러미 내다보고 있는" "웬 낯선 얼굴"이 바로 그런 주체이다. 그것은 자기를 끊임없이 비워 약화하는 원-주체 덕분에 생겨난 타자이자 또 하나의 주체이다. 그것은 원-주체의 주위를 돌며 그것을 비춘다는 점에서 '성찰적' 주체이다. 무위적 주체는 자신을 약화함으로써 이렇게 더 강력한 위성-주체, 성찰적 주체를 보유하게 된다. 무위가 잠재성의 다른 이름임을 이 작품이 보여주는 주체의 방정식이 입증한다.

발견의 시학

강력한 주체는 자신의 약호code로 세계를 강하게 다시 읽는다. 그러므로 그것이 읽어낸 세계는 세계 자체가 아니라, 주체가 '발명'한 세계, 주체가 재약호화recoding한 세계이다. 강력한 주체는 이렇게 재발명한 세계를 세계 자체

라고 여긴다. 이것이 강력한 주체가 과도한 주관성의 생산자라는 비난을 받는 이유이다. 윤용선 시인의 주체는 욕구와 욕망을 괄호치기한 주체이므로 세계를 다시 '발명'할 여력도 없고 그렇게 하려고 하지도 않는다. 윤용선의 주체는 그러므로 '발명'이 아니라 자연스러운 '발견'을 지향한다. 주체가 마치 텅 빈 가을의 들녘처럼 자신의 약호를 다 내려놓고 아무것도 하지 않음의 상태가 될 때, 세계는 아무런 구속 없이 저절로 움직인다. 무위의 주체는 세계를 약호화하지 않음으로써 움직이는 세계를 발견할 뿐이다. 그 세계는 주체가 개입하지 않은 세계이며, 해석을 최소화한 세계이고, 주체의 약호로 재약호화되지 않은 세계이다.

한참 외진 산그늘 아래 복수초가
샛노란 꽃을 피웠다.
사방이 온통 환하다.
혼자 누굴 기다리고 있어도
하나 춥지 않고, 외롭지 않다.
그래, 그래
꿈꾸는 일에 꽃 피우는 일이
어디면 어떻고, 언제면 또 어떠랴.
단단하게 얼어붙은 땅 녹여가며

얼음 사이에 피었다고 해서

얼음새꽃이라지요.

그래, 그래

봄은 이미 턱밑에서 칭얼거리고,

굳이 누가 까발리지 않더라도

벌써 세상이 다 알아버린 걸요.

이제 더는 어쩌겠어요.

근질거리면 근질거리는 대로

한참 근질거릴 수밖에요.

— 「얼음새꽃이라지요」 전문

    강력한 주체는 자신의 약호에 따라 대상을 고정한다. 강한 해석은 세계의 다른 움직임들을 용납하지 않는다. 그러나 보라. 움직이지 않는 세계란 없다. 최근 주목받고 있는 신유물론자 토마스 네일T. Nail은 다음과 같이 말한다. "물질은 실체가 아니라 과정이다. 과정 혹은 '흐름'으로서 그것은 결정된 하나의 사물 혹은 다른 사물이 아니라 비결정적 과정이다. 그것은 전적으로 무정형의 것도 아니고 결정적으로 정형화된 것도 아니며, 오히려 형태들 사이에서 다른 형태로 끊임없이 이행하고 있다." 토마스 네일의 이런 논지를 우리의 논지와 결합하면 이런 논리가 성립된다. 강력한 주체는 끊임없이 움직이는 과정으로서의 세계를 보지 못한다. 그것은 과도한 주관성으로 세계를 계속해서 고정하기 때문이다. 역으로 욕망과 억견 doxa을 가지치기한 주체, 스스로 약화한 주체, 무위적 주체는 세계를 전유하지 않고 그대로 둔다. 이렇게 그대로 둠의 상태에서 과정 혹은 '흐름'으로서의 세계는 "굳이 누가 까발리지 않더라도" "세상이 다 알아버"리도록 '움직이는' 자신을 드러낸다. 위 작품은 오로지 자신을 텅 비운 주체만이 볼 수 있는 생명의 아름다운 개화를 보여준다. 누가 "한참 외진 산그늘 아래 복수초"를 볼 수 있을 것인가. 자기를 지운 자, 자신을 고요히 비운 자, 스스로 황혼의 시간으로 내려간 자만이 그것을 볼 수 있다. 그런 주체는 생명이 "턱밑에서 칭얼거"릴 때도, 그것에 자신의 해석 코드를 들이대며 목소리를 높이지 않고 그것을 따라 "근질거리면 근질거리는 대로/ 한참 근질거릴 수밖에요"라고 고백하며 그것 속으로 녹아든다.

이 시집은 이렇게 고요하게 저무는 삶을 선택했고, 그렇게 저물어서 이제는 아름다운 풍경이 되어버린 고운 숨결의 기록이다. 저마다 센 목소리의 각축장이 되어버린 세상에서 이토록 고요한 숨결을 만날 수 있다니, 경이롭다. 이 시집을 읽는 독자들이여, 잠시 거친 호흡을 내려놓고, 욕심도 잘라내고, 저 얼음 사이에서 저절로 피어나는 꽃을 보라. 사방이 온통 환하지 아니한가. 🐝

달아실 기획시집 40

하루는 먼 하늘

1판 1쇄 발행	2025년 2월 28일
지은이	윤용선
발행인	윤미소
발행처	(주)달아실출판사
책임편집	박제영
디자인	전부다
법률자문	김용진, 이종진
기획위원	박정대, 이홍섭, 전윤호
편집위원	김선순, 이나래
주소	강원도 춘천시 춘천로 257, 2층
전화	033-241-7661
팩스	033-241-7662
이메일	dalasilmoongo@naver.com
출판등록	2016년 12월 30일 제494호

ⓒ 윤용선, 2025
ISBN 979-11-7207-045-8 03810